돌을 쥐려는 사람에게

민음의 시 306

돌을 쥐려는 사람에게

김석영 시집

민음사

자서(自序)

달은 돌기 때문에 달이다
돌지 않으면 돌이다

2022년 12월
김석영

차 례

엔딩 크레딧

풀

— 예고편

그는 벽돌을 말하기 위해 벽돌을 집어 들면서
벽돌의 반대를 찾으라고 했다

불이 들판을 칠하기 시작했다
잡초 하나까지 불태우면서, 사람들은 불이
들판을 물들인다고 말했다

붉거나 노란

그는 오래전에 반대편에서 왔다

반대편은 온통 풀이었다

A 쇼트

플래시백

책을 펼친다

왼쪽부터 오른쪽까지

비릿한 쇠 맛이
겹쳐 있는 입술을 연다

내가 얼얼해지면 종이가 피를 흘린다

작고 딱딱한 과도

누구에게나 있는
전혀 날카롭지 않은

당신은 책의 바깥에서

                              발목을 물려

칼을 떨어뜨린다

폴리오미노

물을 마시고 뱉는다
물 밖에서 호흡을 뱉고 마신다

수면 위에 비친 내가 일렁인다
내가 일렁이고 있는 것처럼

물 밖으로 잠깐 나온 머리는 복선이다

두 손으로 수면 위를 문질러 본다, 초조해지는 평면

물속의 나는 의미를 몰랐다
물이 가로막고 있었기 때문에

거울 속의 나는 온전한 내 몸을 보았지만
거울 밖의 나는 나를 볼 수 없었는데

몸이 잠겨 있어서
몸이 잘려 있었다

그저 물이었는데

물에 빠진 후에야 나는 물을 완전히 모르게 됐다

쏟아 버리면
무엇인지 모르게 되고
자꾸만 무거워지는

물은 고이려는 습성이 있다

물을 해석할수록
손바닥이 뜨거워진다

Animated Anti-animal

— 2022/Experimental/3′49″*

며칠 후

물고기가 간혹 새끼 오리를 잡아먹는다는 기사를 보았
고 나는 이 영상을 다시 돌려 보게 된다

* 마리가 천변에서 오리를 찍은 영상.

불완전한 세 개의 이미지*

— Animated Anti-animal/2022/Experimental/3′49″

▶ 0′00″. 평일 낮. 천변을 떠다니는 오리들. 지나가는 사람 몇. 새끼 오리가 자맥질하는 풍경. 물속으로 들어간 새끼 오리가 나오지 않는다. ❙❙❙ 클로즈업. ▶ 1′13″. 다시 전경. 흐르는 강물. ◀◀ 새끼 오리가 후진하는 모습. 물 밖으로 나오는 장면. ❙❙❙ 천변 클로즈업. ▶ 54″. 물속으로 들어간 새끼 오리가 나오지 않는다. 1′13″. 새끼 오리가 들어간 물과 지금의 물은 이어지지 않는다. 물은 편집된 채로 흐른다. 새끼 오리는 결락된다. 그때 엄마처럼 보이는 오리 등장. ❙❙❙ ▶ 1′30″. 오리는 왔던 길을 거슬러 무언가를 찾고 있는 것처럼 보인다. 잘린 필름 조각을 궁금해하는 것처럼. 무언가 사라졌다는 걸 눈치챈 화면 속 최초의 목격자. 화면 밖의 나는 오리에게 알려 줄 수 없다. 현장 속으로 참여할 수 없다. 오리에게 새끼 오리의 실종을 알릴 수 있는 오리의 언어가 없다. 말은 번역되지 않는다. ▷▷ ▶ 2′17″. 새끼 오리가 없는 천변 전경. 물의 편집. 물이 삼켰다. 물이 오리를 오렸다. 물이 오리의 자유를 오리가 물의 자유를 먹었다. 자유는 자유를 먹는다. 죽음은 되감기 하지 않는다. 순간 팔뚝만 한 물고기가 펄쩍 튀어 올랐다가 물속으로 다시 들어간다. ❙❙❙ 포즈. ▶ 2′35″.

한낮 천변 풍경. 산책은 계속된다. 물이 흐르는 방향으로 나란히. 입구와 출구를 따라 걷고 있다. ■ 3′49″.

* 요나스 메카스의 영화 제목.

가까워지려고

물에 비친 돌은 나뭇가지를
나뭇가지는 개의 얼굴을
한다

작별 인사를 하는 것처럼
작별 인사는 하지 않을 수 없는 것처럼

돌이 나무에게 나무가 개에게
흔들려서
손을 흔들었고

돌을 닮은 개에게
개를 닮은 돌에게
한다

누가 누군지 모른 채
한다

"안녕"

한다
하고
안녕은 밀려난다

물처럼

손을 흔들어 주었다
한다는 듯
손이 무거워졌다
차가운 물속을
휘휘 저었다

돌이 입을 벌리는 걸 보려고
한꺼번에 발음하려고
한다

파도와 갈매기가 없는 바다는
파도를 하지 않는 바다
갈매기를 하지 않는 바다

없는 바다는 하지 않는 바다

물을 휘젓는데
하지 않는 바다가 떠오르는 건
하고 있기 때문

나를 보며
개의 얼굴이 짖는다

가까워지려고

나는 돌을

한다

기도

마리는 마리a가 되고 싶었다. 다가올 성탄절에서 뮤지컬의 주인공이 되었다. 기도하면 응답이 돌아온다. 넌 장미를 받은 거야. 이제 하늘로 높이 던지면 돼. 마리가 두 손을 폈을 때 손톱자국이 있었다. 훼손되는 것은 없었고. 장미에 가시가 박히지 않는다.

생각했을 뿐인데 마리는 순종하는 마음이 되었다. 예배당 가득 찬송가가 울려 퍼진다. 물에 잠긴 듯 목소리가 웅웅거린다. 주먹을 쥘수록 주먹의 안은 줄어들었다. 마리는 땀을 흘린 적 있다.

사람들은 마리에게서 마리a를 보았다. 그 눈빛을 보고 마리는 액체처럼 출렁인다. 성부와 성자와 성령이 하나 되어 마리의 얼굴은 이제 이 세상에 속해 있지 않다.* 마리는 두 팔 벌린 사람들에게 힘껏 장미를 던졌다.

돌처럼 움직이지 않는 한 무더기의 양들은 입에 장미꽃을 물고 있다.

마리는 무릎을 꿇었다.

그들을 향해 다시 빈손을 내밀었다.

* 알랭 핑켈크로트, 『사랑의 지혜』 중 "사랑받는 얼굴은 이 세상에 속해 있지 않다." 변용.

침묵

오늘은 혀가 좀 자라서
하고 싶은 말이 많습니다

어제보다 천장이 가까워졌죠

나무가 자라는 것처럼요
숲은 멀리서만
제자리에 있습니다

숲속의 붉은 혀는
어떻게 얌전히 숨어 있을까요
숨어서 나를 핥을까요
말이 길어지면

나는 나에게 어떻게 알려 줄까요

수프를 마시려고
긴 혀를 식탁 위에 꺼내 놓습니다

열심히 핥을게요
숲에서 연두만 골라내듯이

나는 나무를 짧게 끊어 냅니다

죽음이 빠져 있는 사전

나의 개는 말을 할 줄 압니다. 자주 가는 천변 벤치에서 잃어버렸어요. 목줄은 원래부터 없었습니다. 책을 읽다가 잠깐 잠이 들었어요. 평소에 꿈을 많이 꾸는 편이에요. 자고 일어나면 머리를 한쪽으로 돌리는 습관이 있어요. 꿈을 잊어버리려고요. 낮잠에서 깨자마자 곧바로 머리를 돌렸는데 옆에 있던 개가 보이지 않더군요. 한참을 기다렸는데. 늘 돌아왔으니까요. 천변을 내처 걸었어요. 바닥에 벚꽃잎이 으깨져 있던 게 기억나요. 그래요. 봄에 개를 잃어버렸군요. 겨우내 있던 오리도 보이지 않았습니다. 한참을 있어도 물 위의 꽃잎은 붙지 않더군요. 햇빛 가리개를 눌러쓴 아주머니들이 땅을 파고 있었습니다. 뭘 묻으려는 것처럼요. 사람들이 떠나자 붉은 튤립이 가득 피어 있었어요. 잠시 나무 그늘에 앉았습니다. 매일 전단지를 300장씩 복사하거든요. 개를 찾습니다. 특이사항: 말을 할 줄 압니다. 개가 말을 하나요? 선 캡을 쓴 여자가 묻습니다. 그러면 금방 돌아오겠군요. 아니요. 개가 말을 잃어버렸을까 걱정이군요. 뭐가요? 꿈에서 깨자마자 잊어버렸는데. 방금 개를 잃어버렸다고 했어요. 돌아올 겁니다. 그런가요. 돌아오는 동물이거든요. 개가 돌아왔는데 알아보지 못하면요.

여자는 이미 사라진 뒤였다. 낮잠 속에서 부드러운 꽃잎이 얼굴에 떨어졌다. 개의 혓바닥처럼 질기고 따뜻했다. 이번 엔 절대로 머리를 돌리지 않을게요.

심판

더 많이 사랑한 쪽이 칼을 들었다

문이 안으로 잠겨 있었다
출입의 흔적이 없는 완벽한 밀실 속에서

여름이 되자
뒤늦게 발견된 사체들로 소란스러워졌다

누군가 죽으면 애인이 제일 먼저 용의자가 된다

독백은 비극
겨울은 증언이 되지 못한다
어떤 단어는 여름에 죽고 만다

출입 금지

노란 테이프가 계절을 가로지른다

(서로의 얼굴을 들여다본다)

(울고 있는 자신)

(맞잡는 두 손)

(피 흘리는)

희극 속에서 생략된 지문

겨울은 칼을 쥐고 있는 쪽을 바라본다

충돌과 반동*

할머니는 돌이 없는 곳에서 돌을 들고 있다. 모두가 돌은 아니지만 돌이 존재하는 곳. 할머니는 꼿꼿이 서서 밖을 내다본다. 나는 할머니의 돌을 바라본다. 사진 속의 할머니는 하반신이 없다. 하반신이 있음에도. 돌이 할머니의 상반신을 들고 있다. 나는 그렇게 이해한다.

돌은 바깥으로 떨어지지 않는다.
액자 속의 두 손을 한 번 더 들여다보게 된다.
반복이다.

들고 있는 사물은 이제는 잊혔지만 돌이라 불렸던 것이라고. 지구의 유물처럼 남은 거라고.

거기는 돌이 없구나. 내가 손을 내밀자 거기에 돌이 있다. 59세에 돌아가신 할머니는 30년생. 92세에 돌아가신 할머니도 30년생. 둘은 이제 동갑이 아니다.
"왜 돌을 들게 했어? 할머니가 무슨 힘이 있다고 저 커다란 돌을 들었어?"
내 돌은 할머니의 돌보다 먼저 죽을 것이다.

> 돌이 반복된다. 할머니가 액자에 들어 있어서. 돌을 든 할머니가 액자를 처다봐서. 둘은 영영 눈을 맞추지 못할 텐데.

두 개의 액자를 나란히 걸어 놓은 곳.

먼저 죽은 할머니와 방금 죽은 할머니와 무거운 돌과 더 무거운 돌. 무거움은 오브제로 단순하게 들고 있기. 미신이었던 때가 있었지요. 죽은 자의 혼령이 떠돌아다닌다고 믿었던 무당은 돌을 들어야 했지요.

이제 돌은 액자에

* 이갑철의 사진 제목.

진짜 돌

나는 겉모습입니까 내부입니까

풍화를 겪으면
어떤 것이 상처인지 본질인지 알 수 없게 됩니다

돌을 쥐려는 사람에게
돌을 수집하는 사람에게
돌을 던지는 사람에게

나는 언제부터 나를 갖게 되었습니까

최초의 기억은 흔들리는 사람들입니다
흰 가운을 입은 자가 뺨을 때렸습니다

처음 몇 초간은
나를 흔들면서

자신이 흔들릴 줄은 몰랐을 겁니다

돌을 던지고

돌의 항로를 따라 활주로는 길어지고
앞과 뒤가 똑같은 출발선에
나는 서 있어요

비행운을 바라봅니다

지나간 것은 모두 아군

방금 이륙한 것처럼
발밑이 뜨겁습니다

흑백의 주인

당신과 나는 주로 낮에 있다
낮에 하는 것들 좋아했다

두 시간 낮잠
천천히 몸속을 도는 햇빛
나른한 커튼
잠깐 눈을 떴을 때
여전히 하오의 졸린 빛깔

방 안에 스며들었다
일렁이는 당신의 손
석양의 온기 닮았다
만지다 쓰다듬다, 라는 말 배웠다
당신에게

영혼이 시끄러울 때마다
오래도록 낮잠 잤다
당신의 언어 해독하기 위해

나를 끌어당길 때
나도 당신을 끌어당겼다

걸어갔다
당신과 숲의 끝까지
내가 바라보는 것
똑같이 보는지 궁금했다

당신에게 돌아가는 연습
제일 많이 했다
미친 질주와 복화술, 거울 보는 방법 배웠다

당신이 만지지 않으면
나는 머리 가져다 댔다

밝거나 조금 어두운
그림자 베고 잠이 들었다

보라색바탕에흰글씨

어떤 책들은 다 읽고 나면 내가 몇 번을 죽었었는지 알
게 된다

강을 건너는 사람들은
허리까지 차오른 거센 물살을 품는다

강이 풍족해지기도 한다

페이지에는
아직도 읽을 수 있을 만큼의 물살이

떠내려가고

책에 묻힌 잉크들을 전부 몰살이라고 발음한다

푸티지

장미는
망쳤을 때의 색
뼈의 안쪽
닿지 못한 무릎 뒤집힌
고무장갑처럼
축축한 속살
빨간색
비어 있어서 뛰어드는
눈
다른 행성의
내가 나에게
보내는 신호
어서
도망가라고 자석처럼
끌려가는
구름
비의 사냥 방식
우리의
무기가
같기 때문에
우리는
덫이 된다
멀리 있는
발음
인간 내 속의
너무도 많은

독백

기대지 마세요
두드리지 마세요

벽은 입이 없어서 모두 출구예요

벽은 나를 베끼고
벽이라는 단어를 배웁니다

비로소
발바닥을 딱 붙여 보세요
벽이 되었나요?

나도 수백 개의 빗금을 가지고 있습니다

차곡차곡 접어
주먹 안에 넣을 수도 있어요

절망은
문손잡이처럼 벽에 붙어 있습니다

등은 자꾸만 구부러져요
꼭 열리려는 것처럼
무너지려는 것처럼

벽에 등을 대고 서 있습니다
아주 잠깐 이 세계에서 사라지는 겁니다

오늘의 꼬리

떨어지지 않는다
탈부착이 가능하다면 휴대용으로 가지고 다닐 텐데

감히 떼어 낼 수도, 차마 버릴 수도 없다 자주 사용하면 누구에게든 겁을 줄 수 있다 반대로 빠지거나 늘어날 수 있으니 조심할 것 특히 누군가에게 밟힐 때마다 길어지는, 몸 아닌 몸

어디에나 붙여 봐라, 떨어지지 않는다
한번 붙으면 영원히 거기에 있다

물론 어느 곳이어도 상관없지만 척추의 아랫부분 즉 엉덩이뼈에 붙이는 게 올바른 사용법이다 거기에는 딱 맞는 뼈가 있고 딱 맞는 이름이 있다

사용자는 두 종류로 나뉜다
무서워하는 사람: 자기도 모르게 몸이 굳는 경우로 이족보행이 어려울 수 있다 사족보행을 하면 사람인 채로 괜찮을 수 있다

현혹되는 사람: 보자마자 냅다 만져 보는 유형으로 소위 환장한 경우 늘 살랑살랑 흔들고 싶어 안달이 나 있고, 실제로 흔들고 있다

그러나 중요한 건

공통점: 보이지 않아도 만져 주면 좋아한다 가끔 도가 지나쳐 목에 두르는 사람도 있는데 이럴 땐 가능하면 모른 척할 것 자신을 개라고 믿는 경우가 종종 있다 알아준다 한들 보이지 않고, 보이지 않는다 한들 모를 수는 없으니까

어쨌거나, 어떻게 해서도,

떨어지지 않는다

검고 메마른

"예전에는 불탄 자리였어" 암자 한 채를 빼고 절이 다 타 버렸다는 얘길 들었다.

절의 입구였던 자리에 서서 바다를 바라봤다. 출렁이다 평평해지는. 녹았던 자리를 기억하는 초처럼. 바로 한 걸음 앞에 바다가 있었다. 한 바퀴 도는 게 관광 코스라고, 남들도 다 그렇게 한다고. 따라 걸었다. 떨어져 있는 보폭들을 지우면서 걸었다.

소나무들은 나보다 세 배쯤 키가 컸다. 절이 너무 커서 자꾸 뒤를 돌아보았다. 검고 메마른 심지에 불이 붙는다. 사람들이 모였다가 흩어진다. 그을음처럼.

소원을 적은 종이들이 흔들린다. 해풍에 나부끼는 이름들. "수만 그루의 나무를 다시 심었대" 똑같은 모습으로 복원했다는 해안가의 절에서. 기와도, 마루도, 한지로 만든 문짝도, 그 어느 틈에도 불씨가 침입한 흔적이 전혀 없다고 너는 말했다. 거짓말처럼 딱 여기서 끝났다고.

테두리까지 밀려 나가는 바다. 왁스가 투명해진다. 최초

의 모양이 녹아내린다. 처음 초를 켤 땐 쉼 없이 켜 두어
야 한다고. 그가 말한다. 촛불의 심지가 더 길어진다. 길어
질수록 검은 연기가 발생한다.

"취침 또는 부재 시에 사용하지 마세요" 사용 설명서를
읽는다. 주의 사항은 이게 전부다. 창문을 열고 캔들의 뚜
껑을 덮는다. 서서히 사라지다가 이윽고 단단해지는

크랭크 인

양손을 늘리는 여름
손과 손은 이어지지 않은 채로 대치 중이다

뾰족하고 날카로운 목소리가
누가 누가 기나
상대의 귀를 찌르나

귀에 파고들지 못한 말은

하늘로
새로
바닥으로 흩어진다
자석처럼 꼭 붙어 있다

이곳에 오지 않고, 이곳을 향한 채로 가장 묽다

그 손잡이를 사람들은 당기지 못한다

너무 길어져서

끌어내지도 끌어안지도 못하는 문

모자의 굳은 모양

뻗어 나가려는 손가락이

여름을 할퀸다
시큼한 유년의 냄새
바닥을 깨물어 먹던 요구르트 맛
빨간 초파리의 눈

벌은 생각하는 자세로 굳는다

회복의 모양

그 이후로
나는 숨을 잘 쉴 수 없게 됐다

맞잡은 두 손이 떨어지면
놓쳤다는 것만
알 수 있었다

두 손 두 발이
허공으로 떠오를 때
없는
물속에서
붙잡을 것이 없었고

찌그러진 구석엔
찌그러진 고요가

물에 빠진 사람은 물속을 본다

뼈는 서서히 차오르는

액체의 모양
매달리는 쪽으로 단단해지는

기억을 기울이면

허물어진

몸이 쏟아져 나왔다

선택

Day

간밤에 네가 다녀갔지

현관에 신발이 수십 켤레 있었었는데도
발에 맞는 건 하나도 없더라

창문 너머 화단, 때늦게 만개한 장미들 때문에
발바닥까지 뜨거워졌다
잘못 번역된 자막처럼
고장 난 틈새

장미: (철창을 두 손으로 붙잡고) 꼼짝없이 갇혀 있군요.
　　　당신은 덥지 않나요?
　나: (아무렇지 않은 표정으로) 열대야……

조그만 창문에는
우리를 부추기는 습기도 있지

네가 열어 놓고 간 곳으로 쏟아지는 빛
발목이 아파 잠에서 깼는데

그 장면만 빠져 있는
스크린 위

벌거벗은 밤과 더 많은 발가락

나의 독립영화가 비로소 상영되었다

상상선*

문을 연다

손잡이를 잡아당기면 가까워지는 당신의 거리

비릿한 쇠 냄새가
내 손을 포박한다

깊숙이 파고드는 문 없는 방의 내부

열려 있으므로
열릴 필요 없는 구멍

메시아가 오기 전부터 구원받은 선민들처럼
스스로 선택하는 견고함

그게 벽이라고

문의 안쪽에서

바깥쪽으로

나를 돌린다
당신에게 돌려주지 못한 칼로

장미가
떨어져 있다

* 180-디그리 룰(degree rule). 영화 문법에서 카메라가 상상선 한쪽에 머
물러 있어야 한다는 180도 규칙.

B 쇼트

돌을 쥐려는 사람에게

선택

Night

누군가 죽으면서 영화가 시작되었다

벽×더위×살인×여름
나×너×장미
넝쿨처럼 얽혀 있는 가계도

편집 과정에서 잘려 나간 필름처럼
벽화가 그려져 있었다

빛과 어둠으로 되어 있는
흑백 필름의 그라피티

작은 격자무늬
프레임 속
더 작은 사람들
더 작은 글씨들

칼이 없는 사무라이의
싸움처럼
비명이 없는 쇼트
사무라이는 비명 없이 칼을 쥔다

영화가 끝난 뒤
내 손에 작은 과도가 들려 있었다
내용 없는 칼은 버려졌다
기억나지 않았다

그저
땀을 흘릴 만큼
너무 더웠다는 것만
입술이 얼얼했다는 것만

두 개의 여름과 두 개의 결과

처음부터 도둑맞은 것은 없었다
나를 떠난 그 어떤 장미든 제 발로 나간 것뿐

그러나 나를 뺀 우리는 확신한다
이 사건에서 한 번도 등장하지 않은 장미야말로 사실
도둑일 거라고

문으로도 창으로도
열려 있는 것은 모두 도둑의 출입구

그해 여름 우리는
틀림없이 두 개의 선택지 외에
제3의 답안을 얻었을 텐데

밤새 소란을 추리하느라
산 장미들과 죽은 장미들은 모두 삶을 도둑맞았다

나는 이제 방의 모서리마다 삐죽 튀어나온
가시가 될 것이다

불을 끄고 모서리에서 모서리로 이동할 때마다
여름은 조금씩 창백해질 것이다

나를 뺀다면

처음부터 장미가 장미일 수 있다면

폴리오미노

그는 벽돌을 말하기 위해 벽돌을 집어 들면서
벽돌의 반대를 찾으라고 했다

오프닝 시퀀스
바다가 내게서 가장 멀리 있는 장소인 것처럼

벽돌로부터 멀리 있는 것
벽돌의 끝을 상상해 보라고

벽돌을 던졌다

우리의 눈은 벽돌을 따라갔다

페이드 아웃
벽돌은 순식간에 떨어진 유성우
적외선 카메라에만 포착되는 꼬리 달린 동물

꼼짝하지 않았다

단 한 번의 움직임을 위하여
흔들리는 풀 속에 엎드렸지

보이스 오버
더
더
낮게
엎드려

화면 밖에서
그의 목소리가 들렸다

클로즈업
억세고 질기게 쳐다볼 것

발목의 밧줄 자국이 선명했다

오버랩
문제는
밤은 동물을 따라 하려는 습성이 있다는 것

풀이 흔들릴 때마다
어디선가 이빨 가는 소리

풀이 눌려 있는 건 동물이 머무른 흔적이라는데

엎드린 우리
서로를 관찰하기 위해 풀을 길렀다

페이드 인
일어서려는데
누가 발목을 세게 물었다

> 반대편은 온통 풀이었다

평면을 세워

그는 조금씩 몸을 구부려
액체 모양으로
조각상을 들여다본다
돋보기처럼 빛을 굴절시켜
환하거나 어두운 방식으로

빛이 휘어지는 각도를 따라
연필이 분주해진다

복도는 가장자리부터 녹아내리고

물을 들여다보는 것만으로
수천 개 갈라지는 미래

샬레 속에서 납작해진다

반으로 자르고
다시 이어 붙이는 동안
물은 점점 사나워지고

> 물에 갇혔던 기억

유리에 남은 기포 자국

안쪽의 빛을
밖에서도 볼 수 있도록

물방울을 통과한 손

이렇게 떨어진다면
아프지 않을 것이다

불완전한 세 개의 이미지

오래된 조화(造花)를 들고 버스에 탔다 한강에 가기 위해서였는지 버리려던 것이었는지 둘 다였는지 기억나지 않았다 *아이들이 버스에서 얘기했다* 봄날의 한강은 봄날의 파편처럼 눈부셨다 *개울에서 가재를 봤는데* 목적 없는 나들이처럼 *집게발이 하나 없었어* 버리는 것에 이유는 없었다 오래된 것은 금세 부서질 것 같았다 *우리 센트럴 파크에 가자* 아무 곳에나 내려도 한강 *나는 하루 종일 영혼을 찾아다녔어* 한강에 도착하고서야 한강에 얼마나 오고 싶었는지 알았다 *전에 와 본 거리 같아* 불특정 다수가 묶여 있었다 고정된 것은 고정된 채로 매끄러운 것은 매끄러운 대로 *어떻게 기도해야 하는지 모르겠다* 얼굴이 많은데 얼굴이 없었다 햇살 아래 일그러지는 표정이 똑같았다 빛이 부러진 모서리에 찔린 사람들처럼 삐죽 튀어나온 것들 인위적인 것들 자연스러운 것들 기이한 것들의 무질서가 누워 있었다 *오직 나 자신과 몇몇 친구들을 위한* 얼굴 때문에 나는 작아졌다 *이미지들* 얼굴 때문에 나는 커졌다 서로 다른 얼굴이 모여 있는데 *바로 앞에 있는 이것* 이상하지 않다는 것이 이상하게 좋았다 내가 타지 않은 버스들이 지나가고 나는 그중에서 내가 타

게 될 버스를 골라 보았다 *이미지*들 오래된 조화를 한강
에 버렸다 아무것도 붙잡지 않고 떠내려가는 그 *이미지*들
제 속에 감추어 둔 아는 얼굴처럼 감춘 탓에 모르는 얼굴
처럼 *기억 따위 난 관심 없다**

* 이탤릭체는 요나스 메카스 영화, 『행복한 삶의 기록에서 삭제된 부분』
  (Out-Takes from the Life of a Happy Man/2012/Experimental/68′)
  속 대사들.

서랍 속 개의 풍경

서랍은 얌전히 닫혀 있다

위턱과 아래턱으로
손잡이를 물고서

                     거품은 개의 모양을 하고 있구나

손을 내민다
순종하는 개처럼

열리고 닫히고 열리는
서랍의 거의 같은 패턴
                          개의 울음소리

물감을 칠해 보자 다정하게 덧씌우면서
서랍이 사라지게

                          혀를 내밀기 전에
목줄 때문에

서서히 새파래지는 하늘
하늘로부터 오려지는

　　　　　　　　　　　　개의 모양

개의 위치가 노출된다

　　　　　　　　　　숨을 헐떡거린다

서랍을 뱉었다 들이마셨다 한다

아무도 모른다
개들이 왜 이렇게 많이 돌아다니는지

기도

양의 울음은 기도다 어둠 속
에서 한 손을 말아쥐고 주
먹이 되기 전까지 어둠을 꼭
누르기 전까지만 망원경이
될 수 있다 눈은 어두운 곳
에서만 둥근 출구를 볼 수
있다 올라가야 할 높이는 주
먹 안에 있다 손바닥을 펴면
하늘은 평평해졌다 천장 아
래에서 종일 우는 양 우물은
그의 목소리를 되돌려 줬다

삽입곡

— 왈츠, Adagio

하나. 떨어지는 벚꽃
둘. 천변에서

셋. 풍경 속으로

하나. 뛰어노는 개
둘. 오리의 자맥질

셋. 끼어드는 잠

비를 묻혀 왔다가
다시 빗속으로 사라지는

빗방울

셋. 꿈은 배가 부르다
둘. 새끼오리가 물속으로 사라지면
하나. 벚꽃을 밟으며 멀어지는 개

하나 둘 셋

넷

하나 둘 셋

넷

조립되는 빗방울

정물처럼 앉아

은은하게 빛나던 색을 우리는 알았다

발음해 보면서 궁글어지는 맛
호박 몇 조각을 뒤집어 보면서

"눈은 방향이 없구나"

둥근 유리 주전자 속에서
오래도록 우러나는 호박
물속에서 다른 형상으로 보인다
서로를 밀어내면서

기억이 났다 실처럼 오래 풀리느라
컴컴해진 실내에서

따뜻한 차를 마시고
서로 같아진 손의 온기

누군가는 밖으로 나갔다

눈은 이곳에 없어도
누군가는 만족스럽다

"내가 정물처럼 앉아 있으면
당신이 나를 그려 주기를,

사람으로"

눈이 그쳤고
실내가 다시 밝아 오고 있었다

낮잠 속에서 꽃잎이 떠내려간다

죽음이 빠져 있는 사전을 본 적 있다

잠을 많이 자면 계속 졸리다
어딘가로 자꾸 쏟아지는 것처럼
액체처럼
계속해서 생겨나는 점의 세계

허물은 어디에 있나
내가 들어가야 할 곳에

지우개의 감정이 차곡차곡 쌓이는 중이다

초점을 잃고 흔들리는 한 사람
얼룩으로 걸어 나가고

구겨진 기억대로

서서히 접히고 서서히 펴지는 종이의 모양

*

장미는 여러 겹의 불면증으로 감싸여 있다

잠을 다 썼으니까

불가능할 것 같던 낮과
가능할 것 같던 밤이 화투 패처럼 섞여 있는

한 잎씩 떨어뜨리며
빚을 갚듯 잠을 끌어다 쓴다
빌리는 것만으로도 꿈이 생긴다

*

처음부터 내 옆에 앉아
종이꽃을 만들던 사람

잘 접으려면

접힐 방향으로 미리 접어야 했다
직선으로
반듯하게 접힌
미로를 따라가면

한 번쯤 와 본 곳 같아
종이가 닫히기 전에

얼마쯤 누워 있었나
꼬깃꼬깃한
무릎을 폈을 때

책 속에서 오래전 잃어버린 개를 발견한다

개는 납작하게 끼워져 있다

구겨진 개의 털을 하나하나 펴 주었더니 목줄을 물고
온다

손금은
오래 목줄을 쥐었던 자국

개가 나를 끌고 산책 간다

내가 얼마나 늙어 버린 줄도 모르고

환기

장음과 단음이 구별되지 않는
여름의 무더위 속

사람들은 볼펜을 입에 물고 발음을 되풀이한다

개, 게, 계, 개, 게, 계

이와 이 사이로 에어컨 바람이 스며들고
아직은 길게 늘어져서
사라지지 않는 해가 몸을 데운다

개, 게, 계, 개, 게, 계

사람들이 띄엄띄엄 떨어져 있는 간격만큼
사람들의 발음이 엇갈린다

제각각
아는 음절이 모르는 음절이 될 때까지

멀어지는 현기증

새의 울음소리를 상상해 봐
포물선으로 떨어지는

교사의 목소리
다들 목에 무엇인가 걸려 있다는 걸 의식한다

개, 게, 계, 개, 게, 계

발음 대신 한숨만 는다고,
누군가 농담을 수군거리는 한철
오리무중에서

모두 절벽을 다르게 발음한다

마른 식물

파이를 엎었을 때
나는 부엌 식탁에 서 있었다

바다 액자가 걸려 있는 거실
초를 들고 왕관을 쓴 여자가 사람들에 둘러싸인 채 기
괴한 표정으로 멈춰 있었다

엎지른 장면은 나에게 없다

정지된 파도처럼

파이가 나를 일으켜 세운다
두 손이 깨끗해진다

파이의 지워진 몇 분
냉장고에서 다시 복구될 때까지
파도는 흘러야 하고

빈 계단을 품고

파이는 단단해진다

다시 초를 뽑았을 때 구멍은 조금 더 커져 있다

파이의 건망증
한 입 베어 문다
메우려고

서둘러 쏟아지는 모래들
해변이 손들을 삼킨다

우리는 여름을 나눠 먹은 뒤 천천히 수영을 했다

어떤 꿈은 오랫동안 녹지 않았다
흘러내리지 않았다

액자 속 그림에 한 여자가 있었다
뭉개진 파이를 얼굴에 묻힌

가짜 돌

어제 나는 당신을 스쳐 지나갔다
당신은 흰 가운을 입었다

처음 몇 초간은
몸이 마구 흔들렸고

시끄러운 굉음이 났다
두 귀를 닫았다

아주 잠시 하늘을 날았던 것

정지한 사람들을 본다
돌처럼

쥐고
던지고
빠뜨리고
차 본다

움직일 때만 벗어나는
돌의 상상 속에서

나는 적군
매복 중이다

납구름

사랑한다는 말은 옷을 껴입는 것과 같다

기묘한 예언처럼
어떤 공포는 너무 달다

여리고 하얀
바닥까지 드러나는 우물

뼈밖에 남지 않은 바람 소리
전 생애를
그러쥔 주먹처럼

너는 나의 언어를 물리친다

구멍 속으로
빨려 들어가기 전까지

너를 사랑하는 일은

수평이 되는 것

커다란 것을 바라보는 것
매끄러운 것은 매끄러운 대로

옷을 입으며
홀몸의 형식을 배운다

얼굴은 또 얼마나 무거운지

내가 잃어버린 것이
쏟아질 때까지

가장 무겁고 딱딱한

장마가 올 것이다

흰바탕에보라색글씨

밧줄을 보았다

조금 전에 누가
밧줄을 조심합시다 말했는데

어둠 속에서 보이지 않았다
몸을 둥글게 말았다

머리와 꼬리를 감추었다

돌은 평면의 기억
굴러가지 못한다

석유 냄새가 사방에 가득하다

개의 하울링
누군가 따라 울었고

숲이 통째로 흔들렸다

> 횃불을 들고 다가오는 것이 보였다
  한 손에 가위를 들고

편집

침대에 누워 있었다
이를 닦고 싶었는데
천장에서
가위가 내려왔다

문고리를 돌리자
화장실이었다

이상한 물건이 놓여 있었다

어디로 갔을까

칫솔이 없는데도
이가 깨끗해졌다

젖은 침대에 누워서
찢어진 천장을 바라봤다

이를 닦다가

내가 사라지면 어쩌나

축축하고 불결한 방이었다

손의 예고

나는 가소성이 있다

순순히 복종하지 않는다

우리가 들이마시는 무덤
우리가 뱉어 내는 선물

말랑한 것들은 언제나 단단한 것들을 숨기고

길게 쭉 이어져 있는 선로
훌쩍 떠나 버린

풀
뽑은 것과 뽑지 못한 것들이 섞여 있다

모션북처럼
처음부터 끝까지 차례대로 관통하는

늘어난 사람과

> 사라져 버린

달리기

둥글게 앉아 술래잡기를 했다

원 안쪽에만
스포트라이트가 쏟아졌다
바깥은 어두웠고

술래가 달리고 있었다

한 명이 재빠르게 일어나면
한 명이 다시 그 자리에 앉았다

두 손은 점점 더 무거워졌고

원의 크기는 조금씩 넓어져
어느덧 어둠 속에 앉아 있었다

술래는 보이지 않고
그림자만 바깥을 돌고 있었다

박수 소리가 빨라지고

손수건을 쥐고 달렸다
손 밖에서

궤도는 암흑
눈앞이 캄캄했다

불이 켜졌고
내 뒤에
손수건이 있었다

개가 숨을 헐떡이며
나를 내려다봤다

다정한 냄새

뉴스 속보를 보았다
숲이 불타는 장면
내 옆에는 개가 누워 있고
부풀어 오르는 배를 쓰다듬고 있다

몸으로 열이 골고루 퍼진다

배 속이 뜨겁다
장작이 들어 있어서

그리고 손은 어디로 갔을까

이 방은 너무 덥다

테두리의 왁스가 녹아내리고
녹았던 자리에 심지가 길어진다

꿈에서 본 나무처럼
검고 메마른

개가 졸고 있다
땀을 뻘뻘 흘리면서

나는 이 냄새를 맡지 못한다

플래시백

점선을 가진 물체들은 자주 접혔다 펴졌다 무릎을 꿇고 허리를 숙이고 묵례를 했다 돌아오려고 돌돌 말린 나뭇잎이 펴질 때 뚜렷해지는 절취선 어딘가로 들어가려는 것처럼 이 세계는 접을 수 있는 주머니를 가지고 있다 물을 바를수록 점점 더 갈라지는 점토처럼 빗방울이 여러 방향으로 갈라진다 여러 개로 합칠 수 있고 분리할 수 있는 블록 모양의 미로 출구도 입구도 없이 들어가거나 나가는, 하나로 된 음(音)

사용

무릎에 물이 차서
그렇다고 했다

a에서 b까지
무수한 편집점들이 있었을 텐데

엑스레이 사진을 봐도
뭐가 물이라는 건지
알 수 없었다

앉아 있는 자세를
오래 해서 그래요

화면을 바라보는 게
일이라
일어날 타이밍은
정해 주지 않았는데

물은

언제든 빠져나가려고

일어나서 뛰어내리려 했다

다이버처럼

나는
난간에 매달린 사람을 보고
놀랐는데

난간에 매달린 사람은
심상한 표정으로
구조대를 기다리고 있었다

무릎을 많이 사용했냐고
최근에 부딪힌 적 있냐고

의사가 묻고

부어 있다는
무릎을 바라보면서

나는 처음으로 무릎의 사용에 대해
고민하고

광물

오래전 마리가 내게 은반지를 주었다

서랍 속에 들어 있던
그것은 검게 변해 있었다

바닷가에서 조개껍데기를 주웠다
왔던 길을 되돌아가는 동안 해가 졌는데
모래 속에서 반짝거려서

파도를 데려온다고 말한 건 마리였다

무덤을 주웠다
줍는 경험이 필요하니까

조개껍데기를 모르는 채 조개껍데기를 줍는 동안

구름은 어떻게 떠 있을까, 한결같이
내가 좋아하는 것들은
나와 비슷하고

죽었다는 것만 달랐다

파도는 이미 부서진 파도
나는 파도의 부재를 지켜본다

희고 메마른
충서표 같은

은반지의 등을 만지작거리며

멸망

와이퍼가 움직일 때마다
얼룩이 생겼다가 지워진다

말이 되기 전에 휩쓸린다

수평 속으로

나란히 빛이 잠긴다

나는 바짝 가물었던 기억
오르도비스기의 암석들처럼

얕은 바다를 서성였다

손으로 문을 그렸다

손잡이는
나선형으로 파고드는 중심

서성이던 것들은 박음질처럼 붙잡혔다

그때 눈이 떠졌다
물속에서

내가 나온 것은

연기론

선생은 10을 셀 때까지 눈물을 흘려 보라고 말했다
수업에 참여한 열두 명의 단원들은 한 사람씩 돌아가
면서 1부터 10까지 숫자를 세었지만 아무도 성공하지
못했다 나는 슬픔에 몰두하려 했으나 두 귀로 들려
오는 목소리 때문에 슬퍼질 수 없었다 머릿속은 온통
검은색이었고 목소리에 맞춰 숫자 1, 2, 3이 전광판처
럼 커다랗게 켜졌다 꺼질 뿐이었다 나는 다급해져서
어떤 상상 하나를 떠올렸다 선생이 9를 발음할 때 드
디어 목이 메었고 10에서 마침내 성대가 조이며 연구
개까지 뜨거워졌지만 나는 눈물을 흘리지 못한 것이
머쓱해 웃었다

너는 배우로서 재능이 있어 선생은 화난 사람처럼
외쳤다 모두에게 들으란 듯 큰소리로 나는 그게 칭찬
인 줄 몰라 주눅 들었다 짝사랑에게 공개 고백을 받
은 것처럼, 불편하면서도 몸이 떠오르는 기분 내가 건
드린 건 눈물을 흘리기 위한 감정도 기억도 아니었다
너는 재능이 있어 선생이 짐짓 비밀을 실토하듯 다시
속삭였을 때 조바심이 일었다 나는 나에게 있는 비밀

을 나도 몰라서 혼란스러워졌다 나는 재능을 몰라요,
재능은 나를 몰라요 속마음이 목까지 뜨겁게 차올랐
다 그러나 내 입에서는 다른 말이 튀어나왔다

  술자리에서 선생은 유명한 합격 일화라며 이야기
를 풀었다 연기자가 종이를 뽑았는데 개구리라고 쓰
여 있는 거야 달랑 개구리 세 글자, 너라면 어떻게 연
기하겠나? 대답하지 못하는 나에게 선생이 말을 이었
다 한 학생이 갑자기 심사위원들 앞에서 쪼그려 앉았
다고 팔짝팔짝 널 뛰듯 점프를 하더라고 말도 없이 한
참을 결국 참다못한 심사위원들이 뭐 하는 거냐고 물
어봤지 학생이 뭐라고 답했는지 알아? 내가 마른침을
삼키며 고개를 가로젓자 선생은 웃으면서 답했다 사
람 보고 놀란 개구리예요 사람만 개구리 보고 놀라나
요? 나는 놀란 척 입을 벌렸지만 그건 애드리브였다
내가 예상했던 모습에서 그 장면을 지우려고 나는 자
리에서 도망쳤다

암상자

잃어버리려는 웃음
무엇인지는 잃어버려서 알 수 없지만

스튜디오 조명이 켜지자, 연기자의 표정은 반전된다

웃으면서 사라지는 웃음
사라져야 비로소 안전해지는
썰물의 바닷가에서

고요해진 바닥처럼
조개들이 입을 벌려 모래를 뱉어 낸다

바다가 멀어지고
물에 젖지 않는 연기자

얼지 않은 채,
투명하고 반짝거리는 귀고리

틈이 웃음을 노린다

봉합되지 않는다
숨으로 빛으로 퍼져 나가는 습기

적막과 함께 스튜디오 조명이 꺼진다

연기자는 손등으로 입가를 닦는다

무언가를 교환하려고 주어지는 다른 무언가
파도는 여기까지 오지 않으면서

멀리서만 요동친다

굳어 있는 채로 끈적이면서

출처가 유실된 의지 그대로,
웃으면서 필름을 바다에 버린다

엔딩 크레딧

넌 진화할 거야

뉴칼레도니아섬을 비추며 다큐멘터리는 시작되었지 바닷물이 이산화탄소를 흡수하고 수온이 상승하면서 산호가 백화된다는 내레이션이 흘러나왔어 백화 현상이 너무 오래 지속되면 딱딱하게 굳으면서 죽어 버린다고도 했어 백화, 하얗게 질려서 죽어 버린다는 그 말을 너는 곰곰이 곱씹었지

산호Coral는 수명이 가장 긴 동물 중 하나야 산호초 Coral Reef는 산호들 위에 쌓인 탄산칼슘의 암초 군락일 뿐, 살아 있는 동물이 아니라고 그러나 너는 살아 있지 않은 것을 살아 있는 것으로 헷갈리곤 했어

그 다큐멘터리를 본 지 수년이 지나고서야 넌 형광 산호초에 대해 알게 되었지 뉴칼레도니아섬에 네가 직접 여행하러 갔을 때였다 너는 그때 물속의 산호에 환호했어 백골이 되어 버린 산호들 사이에서 각양각색의 빛깔을 뿜어내는 산호의 몸짓
발광하는 신호등처럼 너는 그것을 보고 생사를 구분했어 산호는 스스로 자외선을 차단하기 위해 극도로 아름

다운 방법으로 저항하고 있었지 절정에서 죽기 위한 형형
색색의 몸부림이 눈부셔서 너는 그곳에 오래 머물렀어

너는 꿈의 구조가 바다와 닮아 있다고 생각하지 과거
속에서 계속 헤엄치는 것 밀려갔다가 떠내려오면서……
사실은 섞여 있어서 구별할 수 없는데, 너는 움직임만으로
도 다른 곳에 있다고 느껴
이곳과 저곳이 어제와 오늘로 겹쳐지는 찰나

너는 물로 돌아갈 수 없다는 걸 알게 돼, 꿈에 개입할
수 없는 것처럼 그러나 물의 언어를 배운다면 꿈을 해석
할 수 있어 넌 진화할 거야 이 다큐멘터리가 끝나기 전까
지, 네가 절정으로 헤엄쳐 갈 때까지

* 넷플릭스 오리지널 다큐멘터리 「산호초를 따라서」 참고.

화상과 환상

세 사람이 등장하는 꿈을 꿨다 한 사람이 겪은 일도 셋이 공평하게 나눠 가졌다 한 사람이 생각을 떠올리면 셋에게 복제되었고 셋은 하나라고 해도 되었다

한 사람이 비밀을 지키지 못해 셋이 알아 버린 날엔 꿈속에서 혼나는 꿈을 꿨다 셋이 알게 되면 비밀은 세 배만큼 단단해질 텐데 누가 셋을 혼냈을까 한 사람이 궁금해하자 셋이 궁금해졌고 비밀이 뭐였지? 처음으로 다시 되돌아왔다 비밀을 발설하면

혼내는 사람은 계속해서 혼낸다 비밀을 지켜야 하니까 그렇게 세팅이 되었다

*

그날의 기억, 그날의 날씨, 그날의 인물, 그날의 감정, 그날의 대화가 복제된다

셋에게

동시에 셋은 알게 된다 한 사람처럼

  한 사람이 손목에 화상을 입자 화상의 흔적은 세 개로 증식한다 시계 모양의 검은 자국이 생겨난다 화상이 먼저였는지 시계가 먼저였는지 세 사람은 기억하지 못한다 모르는 이유가 늘어난다
  손목에 차고 있는 시계도 셋, 화상의 흔적도 셋

  그런데
  왜 불을 지르고 싶은 걸까?

  꿈에서 깨라고 뺨을 맞았다 셋의 뺨은 영문을 몰랐다 왜 맞아야 하지, 왜 맞았지, 여기가 어디지, 그게 왜 궁금해, 때린 사람이 누구였지, 부어오른 뺨을 만지느라 뺨이 다시 부어오르는 동안 셋은 꿈의 내용이 궁금하다

*

  셋은 시계를 들여다본다 이제 나갈 시간이다 한 사람

의 혀는 셋처럼 무겁고 어떤 셋은 한 사람처럼 가볍다 하
나, 둘, 셋, 외치며 셋은 동시에 태어난다 한 번도 충돌한
적 없는 셋의 해변으로 혹등고래 사체가 떠밀려 온다 꿈
이 부푼다 세 발의 총성, 셋의 꿈속에서

한 사람이 밀고자로 지목된다

어려서 유독 불을 좋아했어요

셋이 동시에 외치자 셋은 한 사람처럼 만족스럽다 셋은
손을 잡는다 셋은 유독 불을 좋아하고
장작 타는 날은 동시에 잠이 들었다

파레이돌리아

창문 밖으로
먹구름 떼가 몰려오는 것을 보고 있다

회색과
물을 먹어 더 진한 회색들을

눈동자는 창문
회색은 부엉이

나는 마리의 꿈을 번역한다

마리가 창문을 깜빡인다
부엉이가 늘어난다
부엉이는 거대해져서
마리의 눈앞까지 당도한다

서로의 창문이 부딪칠 때
공포에 질린 마리의 눈을 봤다

회색 무리 속에 나도 떠 있었다

창문을 두드렸다

들어가게 해 달라고

소음

개는 사실 알지 못하는 건 아닐까

거울 속의 개와 거울 밖의 개는
합쳐질 수 없는 기분에 사로잡힌다

복도의 한쪽 끝에서
반대편의 개를 향해 손을 흔든다

입구와 출구가 똑같아서 우리는 복도를 헤맨다

너의 눈에 구름은 무슨 색일까

얼룩 때문에
색깔 때문에

개도 울 줄 안다
구름이 액체라는 걸

주름을 펼 때

생겨나는 개의 언덕

복도에 스며드는 것들로

우리의 얼룩이 구별되지 않았다

해일

평소에 나는 슬라임처럼 퍼져 있다가
물속에 들어가서 알게 된다

나뭇가지처럼 뻣뻣한
고체라는 걸

열심히 헤엄쳐 봐도
나풀거리는 두 팔로는 이 물을
끌어안을 수 없다

테두리까지
떠밀려 가는 것이다

온몸에 힘을 빼고
반대 방향으로

물에 붇지 않는 뼈만
둥둥

그런 것이
고체의 성질이 되겠지

구조되려면
분해되지 않기
물은
나를 통과하지 못하기

파도가
한꺼번에 덮치면

뒤집어져서

나는 본다
물속에 최후까지 남아 있는 것을

돌을 쥐려는 사람에게

각본·감독
마리

촬영·편집
마리

출연
마리
검은 개
오리와 새끼오리
울고 있는 양
종이꽃을 접는 사람
횃대를 든 사람
벽돌을 던진 사람
발목을 물린 사람
선 캡을 쓴 아줌마
튤립 심는 아줌마
길가의 장미들
한강의 아이들

Thanks To

Jonas Mekas, 『Imperfect Three-Image Films』

-1995/Experimental/6′

『Out-Takes from the Life of a Happy Man』

-2012/Experimental/68′

장소

양재천, 갑천, 새빛교회, 비룡하이츠빌라

구룡산, 한강, 홍천강, 낙산사, Carnon plage

OST

'Theme from The Last Waltz', The Band

쿠키

— 비둘기가 많네요

포장마차에 서서 튀김을 먹었다. 이런 데 오면 오징어 튀김을 먹어야지. 일행 중 누군가 말했다. 바닷가였고 오징어가 싱싱할 테니까. 새우, 오징어, 게, 고추, 쑥갓, 깻잎 튀김이 가득했다. 다양하게 먹어야지. 튀김은 다양한 게 맛이라던데. 튀김은 여러 번 튀겼는지 누렇고 두툼했다. 골고루 주세요. 아주머니가 튀김을 다시 튀기는 사이, 서비스로 받은 작은 게 튀김을 먹었다. 통째로 튀긴 게. 게 맛은 딱히 나지 않는 튀김 맛. 관광지에서는 똑같은 맛이 난다. 튀김가루가 떨어졌고 비둘기들이 잽싸게 달려왔다. 누가 발을 건드려서 내려다보니 비둘기의 머리였다. 얘 좀 봐, 사람을 무서워하질 않네. "튀김 주지 마요. 데려다 키울 거 아니면." 아주머니가 낮게 경고했다. "비둘기가 많네요." "아침에 와서 저녁에 가." "네?" "저녁에 보면 다 퇴근하고 없어." 아, 그렇구나. 마저 튀김을 먹었다. 자동차 소리가 나서 뒤를 돌아봤다. 저러다 치겠다. 비둘기는 정물처럼 움직임이 없었다. "많이 죽지." "네?" "저것들 때문에 죽겠다니까." 아, "차가 와도 가만히 있어, 여럿 깔려 죽었어." 또 다른 비둘기가 손에 든 튀김을 보고 헐레벌떡 달려왔다.

두 개의 쇼트와 한 개의 쿠키

조대한(문학평론가)

Short A

의문의 이미지 하나로 시작되는 영화가 있다. 크리스 마커 감독이 연출한 「환송대」라는 제목의 이 영화는 어렸을 적 공항 통행로에서 목격한 이미지 하나를 평생토록 잊지 못하는 인물을 서사의 주인공으로 가져다 놓는다. 그가 잊지 못하는 것은 공포에 물든 한 여인의 얼굴, 그리고 쓰러져 죽어가는 알 수 없는 남자의 모습이다. 그 이미지는 주인공의 기억 속에 깊숙이 뿌리박혀 좀처럼 사라지지 않는다. 화인처럼 남아 있는 불확실한 여인의 이미지를 찾아 그는 시간 여행을 떠나게 되고, 영화는 여인과 주인공 사이의 사랑과 만남에 초점을 맞춰 후반부의 이야기를 진

행해 나간다. 하지만 결말에 이르러 여인과 만나게 된 주인공은 다시 한번 그녀의 얼굴이 공포로 일그러지는 것을 목격하고, 의아하게도 이번에는 그 자신이 총에 맞아 쓰러져 죽음을 맞이하게 된다. 주인공의 삶을 평생 그곳으로 빨려 들어가게 만들었던 불가해한 이미지의 순간, 과연 그에게는 무슨 일이 일어났던 것일까.

그리고 이곳에도 찰나의 이미지에 열렬히 천착하고 있는 듯한 시집 한 권이 있다. 김석영의 『돌을 쥐려는 사람에게』가 그것이다. 시집에 드러나는 이미지는 대개 벽, 수면, 창문 등 모종의 '면'을 매개로 두고 안팎이 나뉘는 공간에서 발생하는 사건의 이미지이다. 그것은 물 안쪽에 갇힌 이가 바라본 빛의 편린들로 그려지거나(「평면을 세워」), 여닫히는 서랍 속에서 발견되는 개의 모습으로 형상화된다(「서랍 속 개의 풍경」). 또는 뜨거운 여름 밀실에서 벌어진 살인 사건으로(「심판」), 벽돌을 가운데 두고 이편의 불과 저편의 풀이 나뉘는 상반된 풍경으로 제시되기도 한다(「풀 ― 예고편」). 언뜻 꿈과 현실, 어제와 오늘, 삶과 죽음이 이리저리 뒤엉켜 있는 듯한 그 미지의 경계면에서, 알 수 없는 "벽×더위×살인×여름/ 나×너×장미"가 "넝쿨처럼 얽혀 있는"(「선택」, 58쪽) 기이한 그곳에서 무슨 일이 벌어지고 있는 것일까?

「폴리오미노」라는 시편에는 수면 근처에서 물 위에 비친 자신을 바라보고 있는 '나'가 등장한다. 다만 내가 물 바깥에 있는지 혹은 물 안쪽에 있는지 그 위치가 명확하게 서술되어 있지는 않다. "두 손으로 수면 위를 문질러 본다"는 진술로 미루어보건대 시적 화자는 물 바깥에서 수면에 일렁이는 자신의 모습을 응시하고 있는 듯하지만, 동시에 물속에 잠겨 "물 밖으로 잠깐" 머리를 내밀고 있기도 하다. 안과 밖 모두를 동시에 바라보는 이러한 겹눈의 시선은 인간에게는 물리적으로 불가능한 일일 것이다. 스스로를 관찰하는 주체의 시선 속에는 언제나 대상으로서의 자신이 포함되어 있는 까닭에, 이미 물속에 들어와 그 세계 속에 포함되어 있는 존재는 카메라 등 다른 렌즈의 도움 없이는 자신의 모습을 객관적인 3인칭으로 관찰할 수 없다. 그러니 물속에 "몸이 잠겨 있"는 나는 반쯤 "몸이 잘려 있"는 것이나 마찬가지이다.

조금 의아한 것은, "물이 가로막고 있었기 때문에" "물속의 나는 의미를 몰랐다"는 진술처럼 '나'의 무지가 과거의 일시적인 상태로 서술되어 있다는 점이다. 그것은 "물 밖에서 호흡을 뱉고 마신다"고 말하는 문장의 술어와 뚜렷한 시제의 차이를 보이며 또 다른 시점을 지닌 수면 바깥의 존재를 상상케 한다. 이 폴리오미노의 수면은 "여러 개로 합칠 수 있고 분리할 수 있는 블록"(「플래시백」, 118쪽)들 같이 서로 다른 이면의 두 세계를 이어 붙이고 있는 듯하다. 알 수 없는 일렁거림으로 한껏 "초조해지는 평면"이자, 해석할수록 "손바닥이 뜨거워"(「폴리오미노」, 16~17

쪽)질 정도의 불가해한 열기에 휩싸이게 만드는 이 경계면의 정체는 과연 무얼까?

▶ 0′00″. 평일 낮. 천변을 떠다니는 오리들. 지나가는 사람 몇. 새끼 오리가 자맥질하는 풍경. 물속으로 들어간 새끼 오리가 나오지 않는다. ▥ 클로즈업. ▶ 1′13″. 다시 전경. 흐르는 강물. ◁ 새끼 오리가 후진하는 모습. 물 밖으로 나오는 장면. ▥ 천변 클로즈업. ▶ 54″. 물속으로 들어간 새끼 오리가 나오지 않는다. 1′13″. 새끼 오리가 들어간 물과 지금의 물은 이어지지 않는다. 물은 편집된 채로 흐른다. 새끼 오리는 결락된다. 그때 엄마처럼 보이는 오리 등장. ▥ ▶ 1′30″. 오리는 왔던 길을 거슬러 무언가를 찾고 있는 것처럼 보인다. 잘린 필름 조각을 궁금해하는 것처럼. 무언가 사라졌다는 걸 눈치챈 화면 속 최초의 목격자. (……) 순간 팔뚝만 한 물고기가 펄쩍 튀어 올랐다가 물속으로 다시 들어간다. ▥ 포즈. ▶ 2′35″. 한낮 천변 풍경. 산책은 계속된다. 물이 흐르는 방향으로 나란히. 입구와 출구를 따라 걷고 있다. ■ 3′49″.

—「불완전한 세 개의 이미지」 부분

위 시편은 '마리'라는 인물이 천변 근처에서 오리의 모습을 찍은 영상이다. 「Animated Anti-animal」이라는 작품에 서술되어 있듯, '나'는 "물고기가 간혹 새끼 오리를 잡아먹는다는 기사" 때문에 마리가 찍었던 영상을 "다시 돌려 보게 된"다. 내가 영상을 시청하게 된 이유와 그 시청의 과정이 양쪽 페이지에 나란히 배치되어 있는 두 편의 시는 서로가 서로를 포함하고 있는 메타적인 관계로 이루어진 작품들이다. 위 시편과 동일한 표제를 달고 있는 요나스 메카스 감독의 영화가 몽돌 해변에 서 있는 모습이 찍힌 누군가의 사진 세 장에서 시작된 것처럼, 시 속의 영상 또한 크게 세 군데의 이미지를 중심으로 구조화되어 있다고 말할 수 있을 법하다. 첫 번째는 새끼 오리가 물속으로 들어가 바깥으로 나오지 않는 문제의 1분 13초의 장면, 두 번째는 되감기를 통해 새끼 오리를 후진하게 만들어 물 바깥으로 나온 오리 주변의 풍경을 찍은 54초의 장면, 마지막 세 번째는 새끼 오리가 사라진 이후 정적이 흐르던 물가에서 팔뚝만 한 물고기가 튀어 올랐다가 다시 물속으로 들어가는 2분 35초의 장면이다.

그 이미지들을 프레임 바깥에서 지켜보고 있는 시의 화자는 새끼 오리의 행방불명에서 이상한 '결락'의 조짐을 느낀다. 마치 서로 다른 두 필름을 잘라 인공적으로 편집해 둔 것처럼 "새끼 오리가 들어간 물"과 그가 사라진 이후의 물은 자연스레 "이어지지 않는다." 새끼 오리를 삼킨 수면 안쪽과 삼키기 이전의 수면 바깥은 확연히 다른 세계인 듯 보이고, 그 경계면 사이에서 오리는 가위로 오려진 것처럼 사라져 버렸다. 이에 덧붙여 주목해 보아야 할 것은 엄마로 서술되는 또 하나의 오리가 등장하는 장면이다. "왔던 길을 거슬러 무언가를 찾고 있는 것처럼 보"이는 이 오리는 화면 바깥의 '나'를 제하면 영상 속 세계의 위화감을 발견한 최초의 내부 목격자이다. 그에겐 새끼 오리의 실종을 알릴 수 있는 언어가 없고 나 역시 화면 안으로 들어가지는 못해 그 순간이 말로 온전히 번역되지는 못하고 있지만, 엄마 오리는 "물이 흐르는 방향으로 나란히" 함께 흘러갈 수밖에 없는 강제된 수면의 흐름 속에서도 그 시간을 잠시 멈추고 순간의 의심스러운 장면을 거꾸로 되새김질할 수 있는 특별한 감각을 지닌 존재인 듯싶다.

안팎을 가로지르는 이러한 경계면은 '물'뿐만 아니라 '벽'의 이미지로도 종종 제시된다. 「독백」이라는 시편에는 기대고 두드리는 것이 금지된 어떤 벽에 등을 대고 서 있는 '나'의 모습이 그려진다. 내가 "수백 개의 빗금을" "차곡차곡 접어" 꽉 쥔 "주먹 안에 넣"고 다니는 것처럼, 나를 베끼고 닮은 그 벽 또한 무수한 상처와 풍화의 벽화들을 자기 몸에 새기고 있다. 벽에 함몰이라도 되려는 듯 나의 등은 그곳을 향해 열리고 무너져 "자꾸만 구부러"진다. 문 손잡이에 절망만이 선명히 붙어 있는 그 벽에 잠시 등을 대는 동안 나는 강물 위에 오려진 오리처럼 "아주 잠깐 이 세계에서 사라지"고 만다. 그러니 그곳은 내가 속한 세계의 흐름이 정지되는 경계면이자, 내가 인지하지 못하는 또 다른 세계의 누군가가 움직임을 다시 시작하는 사건의 장소인 것만 같다.

나는 겉모습입니까 내부입니까

풍화를 겪으면
어떤 것이 상처인지 본질인지 알 수 없게 됩니다

돌을 쥐려는 사람에게
돌을 수집하는 사람에게
돌을 던지는 사람에게

나는 언제부터 나를 갖게 되었습니까

(……)

돌의 항로를 따라 활주로는 길어지고
앞과 뒤가 똑같은 출발선에
나는 서 있어요

—「진짜 돌」부분

　위의 시편의 시적 화자 또한 시간에 풍화된 오랜 상처
의 빗금들을 간직하고 있는 존재로 묘사된다. '나'는 여전
히 겉과 속이 쉽게 구분되지 않는 어떤 경계면에 놓여 있
는데, 조금 특별한 것은 그 시적 포커스가 보다 직접적으
로 나 자신에게 맞춰져 있다는 점이다. 이와 나란히 제

시되는 시어는 바로 '돌'이다. 시집의 제목과도 닿아 있는 '돌'이라는 오브제는 여러 의미로 해석이 가능하겠지만, 시집 『돌을 쥐려는 사람에게』에서는 정지된 속성을 지닌 이미지이자 무엇보다 그 이미지를 되돌리거나 되풀이하는 의미의 시어로 자주 활용되고 있다. "돌아오려고 돌돌 말린 나뭇잎" 표면의 절취선을 바라보는 장면(「플래시백」), "당신에게 돌려주지 못한 칼로" 부러 "나를 돌린다"(「상상선」)고 기술된 장면, 가위를 사용해 찢어진 천장의 "문고리를 돌리"(「편집」)는 장면, 어두운 그림자가 공전하듯 원 "바깥을 돌고 있"는 장면(「달리기」), 수면 위로 비춰진 개의 얼굴에 다시금 가까워지기 위해 "나는 돌을// 한다"(「가까워지려고」)고 다짐하는 장면 등, 시집 곳곳에서 '돌'은 무언가를 되감고 되새김질하는 술어의 어원으로 반복 사용되고 있다. 그것은 이 세계 속에서 어딘가 기묘한 예감을 느끼게 된 최초의 목격자들에게, 세계 내부에 잠겨 있는 나의 모습에 낯설고 매끈한 결락을 느끼는 이들에게 그 위화감의 정체를 지속적으로 환기시키는 되새김질이기도 할 것이다. 나는 다음과 같이 질문한다. "나는 언제부터 나를 갖게 되었습니까"?

서두의 「환송대」의 이야기로 돌아가 보자. 공항 활주로 옆에서 의문의 총격을 당해 죽어 가던 주인공은 어린 시절 목격했던 이미지가 자신의 죽음 주변의 풍경이었다는 사실을 깨닫게 된다. 다시 말해 그는 미리 목격했던 이미지 때문에 과거의 시간으로 돌아가 다시 그 이미지를 스스로 발생시킨 셈이다. 그렇게 시작과 끝, 죽음과 생이 무화되듯 겹쳐지는 순간의 경계면이자 이야기의 "앞과 뒤가 똑같은 출발선"(「진짜 돌」)에 대해 알렌카 주판치치는 'Wendepunkt'이라는 이름을 붙인 바 있다. 이는 우리말의 '전환점' 또는 '분기점' 등에 해당하는데, 그는 해당 단어를 서로 다른 세계의 '이음매' 또는 경계의 '모서리'로 간주해야 한다고 이야기했다. 도형의 두 면을 공유하고 있는 하나의 모서리처럼, 어떤 사건의 이미지는 시작되는 한 존재의 종결과 다른 존재의 시작을 잇는 찰나의 이음매가될 수 있다는 것이다.

다만 이음매는 두 영역을 봉합하여 하나로 합치는 것뿐만 아니라, 이름과는 사뭇 다르게 양쪽 세계를 별개의 것으로 분할하기도 한다. 그것은 "모서리에서 모서리로 이동할 때마다"(「두 개의 여름과 두 개의 결과」) 한쪽 면에만 존재하던 나를 소거하고 결락시키는 위험한 작업이기도 하다. 그럼에도 그 위험은 모서리의 반대쪽에서 대면할 새로운 '나'를 향한 예감을 포함하는 모순된 매혹의 위험이기도 하기에, 시인은 두 세계의 빗변을 공유하고 있는 그 불안한 존재의 경계면이자 "이곳과 저곳이 어제와 오늘로 겹쳐지는 찰나"(「넌 진화할 거야」)로의 접근을 쉽사리 멈추지 않을 것 같다.

Short B

문제는 시인의 이러한 작업이 한 번 더 반복이 된다는 점이다. 목차의 항목에서 미루어 짐작할 수 있듯, 시집 『돌을 쥐려는 사람에게』는 예고편, 쇼트, 엔딩 크레딧, 쿠키 영상 등 보통의 영화가 관객들에게 상영되는 일련의 방식들로 구성되어 있다. 한 편의 영화가 복수의 쇼트들로 이루어진 것은 큰 문제가 아닐 것이다. 다만 그 영상들이 마치 같은 장면을 여러 번 촬영한 것처럼 비슷한 혹은 유사한 내용과 형식을 되풀이하고 있다면 그 합선의 지점을 다시금 눈여겨볼 필요가 있을 것 같다. 실제로, 다른 버전의 영화가 상영이라도 되는 듯 두 번째 챕터가 시작되기 전 시집의 제목이 (상영관의 검은 스크린에 흰 글씨로 자막이 떠오르듯) 한 번 더 명기되는 모습은 이런 구성이 의도적인 배열 하에 이루어진 것이라는 생각을 떨치기 어렵게 만든다.

가령 A 쇼트에서 살펴본 「진짜 돌」이라는 시편은 후반부의 B 쇼트에서 「가짜 돌」이라는 제목의 시편으로 변주된다. 양쪽은 흰 가운을 입은 누군가에 대한 기억, 굉음과 몸의 흔들림, 하늘을 날아다니는 이미지 등 역시나 비슷한 시적 상황을 공유하고 있다. 다만 둘 사이의 경계면을 지나 「진짜 돌」에서 「가짜 돌」로 넘어가는 순간, 지나간 것은 모두 '아군'으로 상정되던 밝은 세계는 어둠 속에서 매복하는 '적군'들의 세계로 변화한다. 특히나 「진짜 돌」에서 돌을 쥐거나 던지는 사람들을 포함하여 스스로에게 되돌아오던 '나'의 질문은 「가짜 돌」에선 "돌처럼" "정지한 사람들"을 "쥐고/ 던지고/ 빠트리고/ 차" 보는 '나'의 적대적인 행위로 크게 뒤바뀌게 된다. 프레임 바깥에서 정지된 오리의 화면을 감상하고 편집하던 누군가처럼, 나는 멈춰 있는 이들을 바라보며 그들의 움직임을 통어할 수 있는 힘을 가진 존재로 그려지는 듯하다.

이렇게 짝을 이루며 반복되고 변주되는 두 이미지들의 세목을 잘 보여 주는 사례로 「선택」이라는 작품이 있다. 두 편의 「선택」은 'Day'와 'Night'의 대비되는 소제목을 달고 A와 B 쇼트에 각기 수록되어 있다. 낮의 장면이 묘사되는 첫 번째 「선택」에서 '나'는 철창과 창문으로 둘러싸인 우리 같은 공간에 갇혀 있다. 간밤에 다녀간 너의 흔적, "네가 열어 놓고 간 곳으로 쏟아지는 빛", 발목에 남은 선명한 통증을 느끼며 나는 뒤척이듯 잠에서 깬다. 때 아닌 열기가 가득 차 있는 그 밀실에서는 "나의 독립영화"가 상영되고 있다. 철창 너머 빨간 '장미'가 안쓰러운 표정으로 나의 안부를 묻지만, 나는 어떤 소리도 들리지 않는 척 열대야를 탓하는 독백만을 내뱉는다. 한편 밤이 그려져 있는 반대쪽의 「선택」에서는 누군가의 죽음과 함께 영화가 시작된다. "편집 과정에서 잘려 나간 필름"처럼 "빛과 어둠"으로 점철된 흑백의 그라피티가 벽에 칠해져 있고, 사무라이들은 아무런 비명 없이 서로의 칼을 겨눈다. 영화가 끝난 뒤 '나'의 손에는 정체를 알 수 없는 "작은 과도"가 하나 들려 있지만 정작 나는 아무것도 기억하지 못한다. 우리의 삶을 누적된 기억 이미지들의 총체라고 말할 수 있다면, 한 장면에서 다른 장면으로 넘어갈 때마다 망각을 반복하는 영화의 주인공들은 분절된 쇼트만큼의 인생을 새로이 살고 있는 것일까. 꿈의 이면에서 현실의 세계로 넘어온 듯한 '나'에게 남아 있는 것은 땀을 흘릴 만큼 더웠던 선연한 열기와 얼얼한 입술의 통증들뿐이다.

이처럼 똑같은 혹은 유사한 제목을 공유하지 않더라도 부를 넘나들며 암시적으로 변주되는 이미지들의 형상은 시집 곳곳에서 발견된다. A 쇼트의 「검고 메마른」이라는 시편을 보면 사찰의 불탄 자리를 '너'와 함께 걷고 있는 '나'의 이야기가 서술되어 있다. 절의 모든 건축물과 주변의 소나무 숲이 이전과 너무나도 "똑같은 모습"을 하고 있는 탓에 "그 어느 틈에도 불씨가 침입한 흔적이 전혀 없"는 것 같다고 너는 말한다. 하지만 나는 "녹았던 자리를 기억하는 초처럼" 흩어지고 모여드는 수많은 사람들 사이에서 희미한 "그을음"의 흔적과 "검은 연기"의 냄새를 포착해낸다. 그리고 이 시편의 이미지는 B 쇼트의 「다정한 냄새」라는 작품으로 이어진다. 시 속의 '나'는 뉴스에서 "숲이 불타는 장면"을 시청한 뒤 몸에 골고루 퍼지는 뜨거운 열기를 느낀다. 분명 나는 연기의 "냄새를 맡지 못"했고 화재를 직접 경험한 적도 없지만, 반복되고 겹쳐지는 이미지의 누적 속에서 경계 너머에 존재하는 세계의 징후를 언뜻 감각하게 된 듯싶기도 하다. 얼마 지나지 않아 나는 "꿈에서 본" "검고 메마른" 나무의 이미지 하나를 마음속에 그리게 된다.

'보라색바탕에흰글씨'와 '흰바탕에보라색글씨'처럼 서로의 안과 밖을 뒤바꾸고 있는 이 이미지들은 두 쇼트를 넘나들며 새로운 버전의 변주를 되풀이한다. 앞서 '돌'이 정지와 되감기의 의미로 활용되었다면, "돌이 반복된다"(「충돌과 반동」)는 문장 역시 그러한 정지와 운동의 이미지들이 지속적으로 겹쳐지고 거듭 반복된다는 뜻을 지녔다고 말해 볼 수 있겠다. 이와 관련하여 키르케고르는 '콘스탄틴 콘스탄티우스'라는 익명의 이름으로 『반복』이라는 책을 쓴 적이 있다. 그 책에는 두 명의 주요 인물들이 등장하는데 하나는 관찰자인 콘스탄티우스고 다른 하나는 이름이 밝혀지지 않은 청년이다. 그 무명의 청년은 한 여인을 사랑하고 있다. 여인과 처음 사랑에 빠졌을 때의 감정이 너무나도 강렬했던 나머지, 청년은 행복했던 첫 순간의 감정과 이미지만을 누차 되새김질하며 살아간다. 콘스탄티우스는 이 같은 청년의 사랑을 '회상'의 방식이라 칭하며, 진정한 사랑이란 회상이 아닌 '반복'의 형식을 지녀야 한다고 주장한다. 회상이 과거만을 향한 것이라면 반복은 미래까지 염두에 두고 있는 개념이기에, 그는 확신에 찬

목소리로 반복은 뒤가 아니라 앞을 향해 되풀이되는 것이라고 말한다. 하지만 반복에 대한 콘스탄티우스의 확신과 신념은 그의 개인적 경험에 의해 깨지고 만다. 그는 반복을 직접 체험하기 위해 과거에 체류했던 베를린을 찾아간다. 그는 새로이 앞에 놓인 시간 속에서 무언가가 반복될 수 있다고 믿었지만, 정작 그가 베를린에서 마주한 장면들은 이전과는 전혀 다른 종류의 풍경이다. 그는 과거에 경험했던 혹은 감각했던 베를린과는 사뭇 달라진 도시의 모습에 실망하며, 반복이란 불가능한 것이라는 상반된 결론을 내린다.

이처럼 모순된 주장 속에서 일정한 사유를 추출하는 것은 쉽지 않은 일이나, 그의 논지를 일단 따라가 본다면 다음의 두 가지는 확실한 것 같다. 하나는 과거를 단순히 회상하는 일은 반복이 아니라는 것, 다른 하나는 새로운 시간 속에서는 역시 반복이 불가능하다는 것. 글자 그대로 '반복'이란 다시 무언가를 되풀이하는 것이어서 시차를 지닌 두 세계의 '나'를 상정할 수밖에 없다. 그러니 선형적으로 흐르는 단면의 세계 속에 있는 잠겨 있는 우리들에게 그것은 안과 밖을 동시에 바라보는 것처럼 상상의 영역 속에서만 가능한 일인지도 모르겠다. 어쩌면 그 반복은 키르케고르가 미처 경험하지 못했던 영화의 쇼트들처럼, 한 시공간의 단면을 여러 형태로 잘라내어 보존한 정지된 이미지들의 겹침 속에서만 가능한 것은 아닐까.

우리 센트럴 파크에 가자 아무 곳에나 내려도 한강 *나는*
하루 종일 영혼을 찾아다녔어 한강에 도착하고서야 한강에
얼마나 오고 싶었는지 알았다 *전에 와 본 거리 같아* 불특정
다수가 묶여 있었다 고정된 것은 고정된 채로 매끄러운 것
은 매끄러운 대로 *어떻게 기도해야 하는지 모르겠다* 얼굴
이 많은데 얼굴이 없었다 햇살 아래 일그러지는 표정이 똑
같았다 빛이 부러진 모서리에 찔린 사람들처럼 삐죽 튀어나
온 것들 인위적인 것들 자연스러운 것들 기이한 것들의 무질
서가 누워 있었다 *오직 나 자신과 몇몇 친구들을 위한* 얼굴
때문에 나는 작아졌다 *이미지들* 얼굴 때문에 나는 커졌다
서로 다른 얼굴이 모여 있는데 *바로 앞에 있는 이것* 이상하
지 않다는 것이 이상하게 좋았다 내가 타지 않은 버스들이
지나가고 나는 그중에서 내가 타게 될 버스를 골라 보았다
이미지들 오래된 조화를 한강에 버렸다 아무것도 붙잡지 않
고 떠내려가는 그 *이미지들* 제 속에 감추어 둔 아는 얼굴처
럼 감춘 탓에 모르는 얼굴처럼 *기억 따위 난 관심 없다*

— 「불완전한 세 개의 이미지」 부분

위 시편 역시 A, B 쇼트 내에서 동일한 제목으로 반복
되고 있는 작품들 중 하나이다. 이 시에서는 천변 주변의
오리들 대신 강변을 거닐고 있는 '나'의 모습이 그려진다.
그리고 다시 이 작품 안에는 한강을 걷는 '나'와 센트럴
파크를 걷고 싶다고 말하는 또 다른 '나'의 발화가 별개의

형식으로 교차되어 겹쳐져 있다. 후자의 목소리는 전자의 목소리들 사이사이에 볼드체 형태로 삽입되어 있는데, 이는 요나스 메카스 감독의 다른 영화 「행복한 삶의 기록에서 삭제된 부분」의 대사 중 일부라고 시인은 밝히고 있다. 이 영화 자체가 감독의 편집을 거치지 않은 잔여의 '푸티지'들과 삶에서 삭제될 뻔했던 기록들을 모으고 조합해서 만들어진 것이니만큼, 해당 영화 속의 대사들을 차용하고 있는 위 시편 또한 일견 인과관계가 없는 낱낱의 이미지와 텍스트들을 이리저리 뒤섞고 있는 듯 보이기도 한다. 하지만 "빛이 부러진 모서리에 찔린 사람들처럼 삐죽 튀어나온 것들"과 "인위적"이고 "자연스러운 것들"이 무질서하게 이어지고 있는 두 세계의 이미지들은 "전에 와 본 거리 같"은 반복되는 기시감과 행간의 우연한 연쇄들이 어우러지며 불완전하고도 낯선 아름다움을 생성해 내는 듯싶기도 하다.

위의 이미지들은 각기 한 시공간의 정지된 단면을 담아낸 것에 불과하지만, 시인이 주요하게 참조하고 있는 감독의 작업들처럼 우연과 필연이 뒤섞인 편집 배열에 따라 그들을 나란히 포개어 놓을 때, 그 이미지들은 활동성을 부여받은 사진들로 화해 새로운 운동성을 지니게 된다. 그렇게 "움직일 때만 벗어나는 돌의 상상 속에서"(「가짜 돌」), 정지된 이미지들의 반복과 서로 이음매를 공유하고 있는 두 세계의 겹침 속에서 시인의 두 번째 시집은 만들어지는 것 같다. 그러니 불확실한 세 번째 이미지의 정체는 위의 시편에서 짐작할 수 있듯 두 세계의 장면들이 겹쳤을 때 드러나는 우연한 얼룩들과 미지의 질감들 그 자체가 아닐까 싶다. 그것은 홀로 존재할 때는 포착할 수 없는 가능성을 위해 위험한 복수의 경계면으로 나아가는 일이자, 고정된 과거의 시공간에서 아직 발굴되지 않은 무수한 선택지들을 만들어 내는 일과도 같을 것이다. 시인은 "두 개의 선택지 외에" 또 다른 "제3의 답안을"(「두 개의 여름과 두 개의 결과」)을 수 있다는 확고한 믿음을 가지고, 전에 없던 "단 한 번의 움직임"(「폴리오미노」, 63쪽)을 향해 정지된 이미지들의 상영을 반복하고 있는 것 같다.

Cookie

나보다 더 커다란 내 안의 이면을 관찰하려 했던 이가 스스로에게 첫 번째 꿈의 해석을 시도했던 일과 정지된 이미지들을 이어 붙여 움직여 보겠다던 이들이 그 광오한 상상력을 관객들에게 처음 시연했던 일이 뜻밖에도 같은 해에 겹쳐 있었던 것처럼, 김석영 시인 또한 기억되지 않는 삶의 배면을 상상하는 꿈의 구조와 정지된 시공간의 이미지들을 살아 움직이게 만드는 영화 구조의 우연한 겹침에서 또 다른 시의 가능성을 발견할 수 있다고 믿고 있는 듯하다. 그것의 결과는 잡히지 않는 꿈을 헤맨 대가로 얻게 되는 잠깐의 화인과 고통(「화상과 환상」)에 불과할까, 아니면 불가능한 물의 언어를 배우고 꿈을 해석하게 될 감각의 진화 「넌 진화할 거야」에 해당할까. 확실한 것은 시인이 어떠한 변화에도 "순순히 복종하지 않"(「손의 예고」)으리라는 점이다.

1959년 겨울 김수영 시인은 생전에 직접 묶은 첫 시집이자 마지막 시집이 된 『달나라의 장난』을 세상에 내놓는다. 해당 시집의 표제시인 「달나라의 장난」에서 그는 별세계같이 돌고 있는 팽이의 모습을 오랫동안 바라본다. 이에 관해서는 여러 해석들이 가능하겠지만 아마도 시인은 '스스로 도는 힘'을 지닌 팽이의 형상에서 어떠한 외압에도 휘둘리지 않는 모종의 운동성을 느꼈던 것 같다. 그리고 김수영의 이름이 담긴 상을 수상하며 발간된 두 번째 시집에서 김석영 시인은 "달은 돌기 때문에 달이다/ 돌지 않으면 돌이다"라는 자서(自序)를 남겼다. 이 또한 그 의미를 명확히 확정할 수 없지만 일견 정지되어 있는 '돌'과 회전하는 '달'의 대비를 통해 이미지의 움직임을 촉구하고 있는 시구들처럼 보이기도 한다. 결국 실체가 똑같은 그 돌덩이들이 어떠한 역동성과 광휘를 지니게 되는지는 전적으로 그들의 움직임에 달렸으니 말이다.

하지만 달리 생각해 보면 시인의 자서는 이리저리 흔들리고는 있으나 자신이 속한 세계의 흐름에 아무런 의심

없이 몸을 내맡기고 있는 존재들을 향한 날 선 문장이기도 한 듯싶다. 그 속엔 타성에 젖은 움직임과 매끈하게 이어 붙인 일상들 사이에서 도리어 어떤 마비와 결락의 흔적들을 포착하여, 그를 다른 방식으로 재편해 보겠다는 작은 의지가 담겨 있는 듯하다. 물론 그것은 이 세계와 자신을 명확하게 이해하고 파악했다는 확신에서 기인했다기보다는 이 세계 속의 자신을 인지하는 데 끝끝내 실패할 수밖에 없다는 사실을 인정하는 겸허와, 그럼에도 그 맹점을 향해 나아가는 용기에서 비롯된 것 같다.

첫 시집 『밤의 영향권』의 예상 못한 변주처럼 반가이 등장한 김석영 시인의 두 번째 시집 『돌을 쥐려는 사람에게』는 "정물처럼 움직임이 없"(「쿠키 — 비둘기가 많네요」)는 일상의 이미지들에서 다른 겹의 아름다움을 발견하려는 사람들에게, "서로의 창문이 부딪칠 때"(「파레이돌리아」)에도 끝까지 타인의 눈을 피하지 않으며 그 자리에 머무르려 하는 사람들에게, "꿈의 구조가 바다와 닮아 있다고 생각"(「넌 진화할 거야」)하며 그곳에서 "물속에 최후까지 남아 있는 것"(「해일」)을 직시하려는 사람들에게, 그 불가능한 돌을 손에 쥐어 보려는 사람들에게 시인이 상영하는 낯선 시의 가능성이자, 그들과 맞잡기 위해 건넨 열띤 두 손에 다름 아닐 것이다.

지은이 김석영

1981년 서울에서 태어났다. 추계예술대학교 문예창작과를 졸업하고
중앙대학교 대학원 문예창작학과에서 석사 학위를 받았다. 2015년
《시와 반시》 신인상을 받으며 작품 활동을 시작했다. 시집 『밤의
영향권』이 있다. 제41회 〈김수영 문학상〉을 수상했다.

돌을 쥐려는 사람에게

1판 1쇄 찍음 2022년 12월 6일
1판 1쇄 펴냄 2022년 12월 20일

지은이 김석영
발행인 박근섭, 박상준
펴낸곳 (주)민음사

출판등록 1966. 5. 19. (제16-490호)
서울특별시 강남구 도산대로1길 62(신사동)
강남출판문화센터 5층 (06027)
대표전화 02-515-2000 / 팩시밀리 02-515-2007
www.minumsa.com

ISBN 978-89-374-0926-4 (04810)

    978-89-374-0802-1 (세트)

* 잘못 만들어진 책은 구입처에서 교환해 드립니다.

민음의 시
목록